U0099946

公主的榮譽勳章

新雅文化事業有限公司
www.sunya.com.hk

　　小公主蘇菲亞加入了金鳳花隊，她的兩個好朋友露比和祖迪也是隊員之一。

　　「女孩們，快來集合吧，」領隊老師韓索夫人說，「今天有兩位新隊員加入，她們就是佩格和麥格。」

　　佩格和麥格是雙胞胎，她們很高興能夠加入金鳳花隊。
蘇菲亞幫她們穿上了金鳳花隊的背心。
　　「你們可以把得到的勳章別在上面啊。」蘇菲亞熱心
地告訴新來的隊友。

「金鳳花隊經常舉辦不同的活動，我們每次面對挑戰時，就有機會得到勳章。」露比對雙胞胎說。

「對啊！這個勳章就是我在找到獨角獸後得到的。」祖迪說。

「我也想試試尋找獨角獸啊！」雙胞胎齊聲說。

　　蘇菲亞的背心上已有很多勳章。她只要再贏得一枚勳
章，就能獲得那枚特殊的太陽花大勳章了。明天金鳳花隊
將會舉行一次爬山活動，這是她大顯身手的好機會！

但羅倫國王對這次活動有些擔憂。

這時，他記起了總管貝利域曾經參加過土撥鼠隊的訓練。

　　「讓貝利域陪你一起去吧，他可以保護你的安全。」
羅倫國王說。
　　雖然蘇菲亞認為她能夠照顧自己，但羅倫國王心意已
決，蘇菲亞只好答應了。

第二天清早，蘇菲亞已換上金鳳花隊的制服，正在和母親美蘭達談話。

忽然，房間的門打開，貝利域來了！他穿着土撥鼠隊的制服，背上還有一個巨大的背包。

　　蘇菲亞開始擔心起來，因為沒有一名金鳳花隊隊員參
加活動時會帶着王室總管的！

　　「不用擔心，一切都會順利的。」美蘭達跟女兒說。

爬山活動開始了！一路上，
貝利域都十分忙碌。

他一會兒張開傘子為蘇菲亞
遮擋陽光，一會兒又忙着清理擋
着去路的樹枝，甚至打掃地上的
灰塵。

10

中午，天氣有些熱，貝利域又拿出扇子為蘇菲亞搧涼。
可是，蘇菲亞只希望他能夠停下來，讓自己可以像其他隊
員般憑自己的力量完成爬山活動。

　　不久，他們來到一處陰涼的地方，韓索夫人讓大家停下來休息，貝利域馬上搬出一張豪華的椅子，想讓蘇菲亞坐下來。

　　「我可以和大家一樣坐在地上的。」蘇菲亞說。但貝利域當然沒有答應。

　　當蘇菲亞準備用水壺喝水時，貝利域又拿出了精美的水杯，為蘇菲亞倒滿王室成員專享的礦泉水。隊友們都詫異地望着蘇菲亞，蘇菲亞只好向她們笑了一笑，然後拿着水杯喝水。可是，她一點也不開心。

終於來到贏取勳章的時間了！

　　這次的勳章是鳥巢勳章。如果要得到它，隊員們就要用樹枝和樹皮搭建一個鳥巢。蘇菲亞聽到任務後便馬上開始收集樹枝了。

「公主殿下，請把這次任務交給我吧，不要被樹枝弄傷啊！」貝利域從蘇菲亞手中拿過了所有樹枝。

「我可以自己做這些事情的！」蘇菲亞跟貝利域說。

可是，貝利域還是堅持幫她完成任務。

一會兒後，貝利域就搭建了一個精緻的鳥巢，但韓索夫人説：「蘇菲亞，要贏取勳章，你必須要自己動手做。」

「我明白的。」蘇菲亞無奈地説。

在這次任務中，佩格和麥格已經盡力嘗試，但她們失敗了；而露比和祖迪則各自搭建了一個漂亮的鳥巢，分別獲得一枚鳥巢勳章。蘇菲亞有點失望。

幸好，又有一次機會來了，這次隊員們可以通過收集木柴來獲取一枚勳章。

貝利域擔心蘇菲亞會受傷，
於是搶着幫她撿起木柴。

過了一會兒，貝利域就撿了一大堆木柴。「我只是為公主殿下拿着木柴。」貝利域向韓索夫人解釋道。

「但這也不算是蘇菲亞自己完成的任務。」韓索夫人耐心地告訴他。

20

這次，除了蘇菲亞外，每名隊員都得到了一枚勳章。

佩格和麥格都很興奮。「這是我們的第一枚勳章！」

午餐時間到了，隊員們開始準備午餐，
但貝利域又搶先一步為蘇菲亞弄好了食物。

蘇菲亞真的很希望能夠憑自己的力量完成一件
事情，這樣她才有機會獲得太陽花大勳章。

在蘇菲亞多次懇求下，貝利域
終於答應讓她獨自完成任務了。

午餐後，韓索夫人要考考隊員們對鮮花的了解有多少。

「採摘黃水仙和小雛菊可以得到一枚勳章，但你們要小心，千萬不要碰到桃金娘。」韓索夫人提醒道。

　　「桃金娘是一種紅色的有毒植物，如果不小心接觸到它，皮膚就會很痕癢，臉也會腫得像個大南瓜一樣。」韓索夫人講解道。

「萬一公主殿下碰到桃金娘該怎麼辦呢？」想到這裏，貝利域忍不住又要幫蘇菲亞採摘鮮花了。

「貝利域，不要碰它！」蘇菲亞大叫，「那是桃金娘啊！」

可是已經太遲了。

　　貝利域感到皮膚十分痕癢，臉也腫了起來，需要馬上
回王宮看醫生。

　　「我們需要做一架雪橇車！」蘇菲亞想出了最快回到
王宮的辦法。

　　「讓雪橇車在草地上滑行，這個主意好極了！」韓索
夫人稱讚道。

　　蘇菲亞告訴隊友們如何製作雪橇車後,她們立即行動
起來!

最後，貝利域得到了及時的治療，只要休息一段時間就可以完全康復。羅倫國王感謝貝利域為蘇菲亞所做的一切。

「公主殿下並不需要我的幫助。」貝利域說，「相反，這次是她救了我呢。」

　　「蘇菲亞，你帶領大家製作雪橇車把貝利域在最短時間內送回王宮，所以我要給你頒發一枚領導者勳章。」韓索夫人宣布道，「你現在已經集齊勳章，代表你也同時獲得太陽花大勳章了。」

　　「蘇菲亞，我真為你而感到驕傲。」美蘭達跟女兒說。

　　貝利域也得到了獎勵，就是獲邀請成為金鳳花隊的名譽隊長。蘇菲亞為貝利域穿起金鳳花隊的背心後，隊員們都歡呼起來了！

丟失的魔法項鏈

舞會很快就要開始了！
房間內的小公主蘇菲亞已經差不多準備好了。

　「蘇菲亞，快出來，我為你和安柏準備了一個驚喜！」
羅倫國王神秘地說。

　「什麼驚喜呢？」蘇菲亞連忙打開門走出來，好奇地
問。

　「一會兒你就知道了。」羅倫國王說。

羅倫國王帶着蘇菲亞和安柏來到了珠寶室。
「你們可以各自挑選一件喜歡的珠寶，戴着它出席今晚的舞會。」
原來這就是羅倫國王給蘇菲亞和安柏的驚喜，姐妹倆高興得跳了起來！

　　安柏挑選首飾時，蘇菲亞發覺珠寶室內還有一隻外貌
很特別的動物。

　　「他是獅鷲*寶寶，負責看守這些珠寶。」羅倫國王向
蘇菲亞解釋道，「獅鷲是一種有着鷹的腦袋，身體卻像獅
子的動物，他們天生就喜歡閃閃發光的東西。」

*「鷲」粵音讀「就」。

姐妹倆各自挑選了一件首飾後，安柏便高高興興地跟著蘇菲亞來到她的房間。她們一點也沒有察覺，原來獅鷲寶寶已經悄悄地跟著進來了。

「蘇菲亞，試試你剛才挑選的項鏈吧。」安柏興奮地說。

　　於是，蘇菲亞把脖子上的護身符——也就是她的魔法項鏈摘下來，放在桌子上。

那條閃閃發光的魔法項鏈吸引了獅鷲寶寶的目光。
他趁蘇菲亞不注意時，偷偷地把魔法項鏈拿走了。

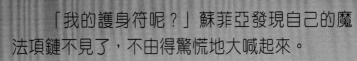

「我的護身符呢？」蘇菲亞發現自己的魔法項鏈不見了，不由得驚慌地大喊起來。

可是，桌子上除了幾道爪痕外，什麼東西也沒有。

　　蘇菲亞和安柏在房間裏到處尋找魔法項鏈，可是她們把
每個角落都找遍了，還是沒有找到它。

蘇菲亞的動物好朋友幸運草、美亞和羅賓也想幫助她，
但沒有了魔法項鏈，蘇菲亞根本聽不懂他們在説什麼。

　　就在蘇菲亞苦惱萬分的時候，她看見女傭維奧萊特和一名王宮守衛焦急地在她面前跑過。

　　「發生什麼事了？」蘇菲亞問。

　　「我放在桌子上的黃金杯子忽然全部不見了。」維奧萊特急得幾乎哭起來。

這時，安柏和詹姆士聽到聲音也走了過來。

他們來到原本放着黃金杯子的桌子前，發現上面有幾道爪痕。這些爪痕跟在蘇菲亞房間裏看到的竟是一模一樣。

「王宮裏有賊，我們一定要找到他！」守衛說。

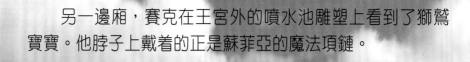

另一邊廂，賽克在王宮外的噴水池雕塑上看到了獅鷲寶寶。他脖子上戴着的正是蘇菲亞的魔法項鏈。

　　賽克一直都想得到這條魔法項鏈。
　　「有了蘇菲亞的魔法項鏈，我就有能力管治整個魔法
王國了。」賽克陰險地說。

賽克施了一個魔法，想要用噴水池內的水把獅鷲寶寶冰封起來。

可是他的魔法出了點問題，不但沒有困住獅鷲寶寶，反而把自己的烏鴉蟲木冰封起來！

賽克連忙唸了解除冰封魔法的咒語，可是蟲木的身體已被冰凍得十分僵硬。當魔法解除時，蟲木根本不能拍動翅膀，直接便往噴水池掉去。

在賽克拯救蟲木時，獅鷲寶寶已趁機飛走了。

賽克心有不甘，決定再次嘗試捕捉獅鷲寶寶。
他用魔法變出了一個金色的籠子，又在
籠子下方放了一顆閃閃發亮的紅寶石。

「現在我們就等着獅鷲寶寶自投羅網吧！」賽克得意地説。

一旦獅鷲寶寶進來拿取紅寶石，上面的籠子便會掉下來把他困住。

在王宮的另一邊，王后美蘭達的王冠也不見了。
她發現桌子上有幾道爪痕，還找到了一根羽毛！

　　羅倫國王、蘇菲亞和安柏得知王冠丟失的消息後馬上趕來。安柏告訴美蘭達，王宮裏已經丟失很多東西了。

　　這時，蘇菲亞的動物好朋友在王宮裏發現了獅鷲寶寶，還有他脖子上的魔法項鏈。不過，他們暫時沒有辦法告訴蘇菲亞。

幸運草眼看着獅鷲寶寶又要飛往其他地方，他心裏一急，便從柱子後面跳了出來，想要取回蘇菲亞的魔法項鏈。但獅鷲寶寶緊緊抓住項鏈，寧願丟掉手上的黃金杯子，也不願意放手。

獅鷲寶寶終於擺脫幸運草了。他飛到賽克的工作室，發現籠子下方有一顆紅寶石。他輕輕一躍，輕而易舉就拿走了紅寶石，但魔法籠子一點反應也沒有。

　　情急之下，賽克連忙向獅鷲寶寶撲去，但獅鷲寶寶卻靈巧地避開了。就在這時，魔法籠子突然發揮作用，把賽克困住了！

賽克從籠子裏出來後，便乘着飛行車追着獅鷲寶寶。獅鷲寶寶已經筋疲力盡，只好把紅寶石和王冠扔下來。

緊追不捨的賽克慌忙把它們接住了。

在王宮的舞廳內，舞會已經開始了。

慌不擇路的獅鷲寶寶從窗口飛進舞廳後，很快就躲藏起來，沒有驚動任何人。可是，賽克停不下他的飛行車，一路飛入舞廳，於是所有人都看見他頭上戴着丟失了的王冠，還有一顆紅寶石。

「原來賽克就是那可惡的小偷！」守衛們也不聽賽克
的解釋，馬上把他拉走。

　　不過，蘇菲亞有點懷疑，因為她在紅寶石上發現了一
些東西。

　　紅寶石上有幾根動物的毛髮，然後，蘇菲亞再想到那
些爪痕。「難道是獅鷲寶寶？」她小聲地說。

　　就在這時，蘇菲亞感到桌布下面有動靜。她掀開一看，
獅鷲寶寶就躲在裏面，手裏還拿着蘇菲亞丟失了的魔法項
鏈。蘇菲亞找到真正的小偷了！

　　羅倫國王下令放了賽克。接着，他無奈地抱起獅鷲寶寶，輕輕撫摸着他。

　　「好癢啊！」獅鷲寶寶說。

　　有了魔法項鏈，蘇菲亞聽懂獅鷲寶寶的話了。

取回魔法項鏈的蘇菲亞找到了她的動物好朋友。

幸運草他們都十分高興，連忙到蘇菲亞身邊來，吱吱喳喳地說個不停。

「我以後會好好保管我的護身符，不會再丟失的了。」蘇菲亞肯定地說。